KB275173

물벗,
인생의 벗이 될 때

물벗,
인생의 벗이 될 때

조은별

북앤손

제주 표선에서 물질을 시작한 지 어느덧 4년, 바다는 매번 다른 얼굴로 다가옵니다. 바닷속 어둠을 헤치며 나아가고, 거친 파도 앞에서 때로는 두려움도 느낍니다. 또 어떤 날은 고요히 다가와, 숨을 고르며 포근히 몸을 맡기게 해줍니다.

일터이자 삶의 터전인 바다를 지켜온 해녀 삼춘들의 삶은 언제나 나를 이끄는 길이 되었습니다. 물질하며 마주한 수많은 도전과 좌절, 바다와 함께한 시간, 물벗과 나눈 웃음, 그리고 제주에서 느낀 정겨운 순간들을 기억하고 싶습니다.

그 기록은 제주어로 풀어냈습니다. 해녀 삼춘들이 들려준 정겨운 입말을 고스란히 살렸고, 때로는 투박하지만 눈물 나도록 따뜻한 말을 함께 나누고 싶습니다.

제주어는 이 땅의 삶을 표현하는 언어이며, 소중히 지켜야 할 역사라고 생각합니다.

'물벗, 인생의 벗이 될 때'라는 제목은 바다에서 얻은 깨달음이자, 나의 고백입니다. 물벗은 물질의 동료이자 삶을 함께하는 벗입니다. 거친 바다 서로를 지켜낸 해녀들, 그리고 곁에서 함께 살아가는 이웃 모두, 든든한 나의 벗입니다.

바다가 전하는 삶의 위로가 이 책을 펼친 당신 마음에도 고요히 스며들기를 바랍니다.

| 차례 |

1부. 물벗, 인생의 벗이 될 때

일곱 결이 출렁인다   12

빛나는 대화 한 줌   14

돌 꽹과리 합주   16

물질 고수의 원 포인트 레슨   18

상군 할망 존다니   20

상군의 조건   22

해녀타임   24

씨 뿌리는 바다   26

동상 이몽   28

성게 까는 날   29

샛노란 알, 검게 물든 손   32

성게 가시 파고드는 밤   34

통증의 철사 소리   36

큰 눈에 눈물이 흐른다   38

해녀들의 겨울   39

새해 첫 물질   40

안 먹는거　　　　　　　　　　42

바당이 무섭게 흔든 날　　　　43

가진 것은 호멩이 한 자루뿐　　46

오늘의 수확, 삼만 원　　　　48

트롯, 내 인생　　　　　　　50

오늘의 힘　　　　　　　　　52

용왕님도 드십서게　　　　　54

무사 안녕, 풍어 기원　　　　56

본향 가는 길　　　　　　　58

마음까지 맞춰드려요　　　　60

큰 눈에 묻은 소금기　　　　61

착허다　　　　　　　　　　62

보말도 궤기여　　　　　　　64

물벗, 인생의 벗이 될 때　　　66

2부. 고치 말만 고라도 좋은거

표선 해수욕장　　　　　　　70

제주 동쪽 마을　　　　　　　72

용왕의 딸, 바다거북　　　　　73

백년해로　　　　　　　　　　76

고치 말만 고라도 좋은거　　　78

살레　　　　　　　　　　　　79

무자식이 상팔자여　　　　　　80

그리운 계절　　　　　　　　　82

내 어머니　　　　　　　　　　84

길을 잃었다　　　　　　　　　86

우울증　　　　　　　　　　　　88

인생의 이정표　　　　　　　　90

곶자왈　　　　　　　　　　　　92

결이 곱다　　　　　　　　　　94

아마나스 한 입 베어물고　　　96

책 너머 바다　　　　　　　　　97

홍어회 한 접시　　　　　98

기억　　　　　100

눈과 마음으로 사랑하기　　　　　102

내 마음의 온기　　　　　104

작가의 말　　　　　107

물벗,
인생의 벗이 될 때

일곱 결이 출렁인다

무지개 사이로

테왁 안고 잠수하는

검은 여인들

동그란 빛을 따라

해녀 할망도

무지개 빛이라

강인하고 든든한 양순 삼춘,

불턱 같이 따뜻한 원이 삼춘,

손끝이 야무진 테왁 장인 연순 삼춘,

유쾌하고 흥겨운 봉생 삼춘,

바다 같은 넓은 마음 경순, 정자 삼춘,

우리 불턱 대상군 연옥, 경옥 삼춘,

서로를 살펴주는 순실, 정하 삼춘

요동치는 물결 따라

일곱 결이 출렁인다

빛나는 대화 한 줌

해녀 1

"오늘 어데 가서 물질할코?"
힘 빠진 할망,
한숨 섞인 바람이
파도를 살짝 일렁인다

해녀 2

"경해도 없는 시댁보단
바당이 훨씬 낫쥬게
누워 있다고 반찬 나옵디가?"
거침없는 발차기 한 번,
깊은 바당 가르며
커다란 소라를 안고 올라온다

해녀 3

"검은여 나와수게, 고무옷 촐려 입게양

나 다 입었수다"

행동 대장 삼춘이 먼저 나서고

해녀 삼춘들 물결처럼 한 줄로 선다

해녀 4

"아이고, 모자 잊어부렀쪄,

다시 강 가져 오켜"

정신머리 어서, 투덜대며

도구 챙기러 탈의장으로 향한다

열한 명이 쏟아내도

통하는

빛나는 대화 한 줌

돌 꽹과리 합주

밭 갈 적 쓰는 호멩이 들고

돌 두드리며

깽깨갱 깽깽

허연 새똥 철푸덕 붙은 것 추룩

석회 잔뜩이라

미역 안 붙는 돌

마구 두드리라

흰 돌 모조리 털어넹

미역 잘 붙는 돌 되게 해줍써

힘껏 두드리라
검정돌 나오게
바당 살아나게 해보젠

해녀 소망담아
깽깨갱 깽깽
깨깨갱 깽깽

물질 고수의 원 포인트 레슨

"구름 몬딱이영 물속 캄캄할켜"
바다 어둠 속 동물적 감각으로
뿔소라 찾으러 간다

"샛바람 불엉 파도 쎄영 쫙쫙 끄성 가켜"
크고 묵직한 닻 돌 준비해서
삼춘들 가까이 물질한다

"해 몬짝 뜨고 바다가 죽엄쪄 청물인게"
이 바당에서
돈 열심히 벌어보자

"물질은 요령 마씸"
삼춘 원 포인트 레슨 듣고
물질하면 백전백승

육지에서도

바닷속이 훤히 보이면

얼마나 좋을꼬

상군 할망 존다니[1]

은별이 와부난

정신이 어시니

고무옷도 몬딱 찢어불엉

풀로 이추룩 꽉꽉 눌러사 잘 붙주게

바당 물건은 호나도 못 잡구

물만 콜록 콜록 하영 마셔부러

코지에 바람 하영 불어 데싸지니

할망 손 심엉 얕은디서 물질허라

------

1) 잔소리

바당 이짝부터 저짝까지

헤엄쳐 돌아 댕기지말고

할망 물건 춫는거

잘 배웡 너꺼허라

쟈이는 아가 촐랑생이[2]라

호나부터 열까지 가르쳐야 잘 허멍

은별이 와부난

몬딱 정신이 어시니

귀눈이 왁왁허다[3]

---

2) 촐랑거리는 사람
3) 정신이 어지럽다

상군의 조건

어제 물질하멍

까꾸리로 잡던 광어

숨이 짧아 놓쳐불었주게

약이 올라, 꼭 다시 잡아야 했쥬

그랬더니,

오래된 대나무 작살 물려주시며

"고무줄 끝까지 잡앙,

빨간 고무신 열 번 맞춰보라

바당 들가멍

괴기가 빠른가, 이녁이 빠른가

시합하듯 하영 잡아와야 하주게"

길다란 어랭이 세 마리 잡아오니
삼춘들 눈이 휘둥그레
"상군 해녀 되젠하믄,
작살도 잘 쏴야주게!
괴기한테 잡힐 줄 알았신디,
이제는 상군 해녀주게"

생선 손질 배우고, 조림 비법 전수받아
짭조름한 바다 맛 가득한
근사한 해녀 밥상 차렸주게

해녀타임

해녀 회장님 공지
새벽 6시 30분 탈의장 집합
7시 물질 시작

간신히 눈 비비고
 6시에 탈의장 도착해도
꼴등으로 출근

해녀 삼춘들은
"가시나무에 걸어져도 잘 때 아니냐!"
잠에서 덜 깬 나를 보며 웃는다

고무옷 수선하고
새로운 마을 소식 나누는 시간

바다에서 빨갛게 해가 뜨는구나

재기 촐리라

물질하러 가게마씀

씨 뿌리는 바다

"삼춘, 우리 씨 뿌리는 양식장이우다!
나옵서게
저짝 바당가서 잡읍서"

돌을 마구 뒤집어 보말 캐는 할망
비료포대 배낭 삼아 성게 맛보러 온 할배
악어 이빨 집게로 문어 낚는 아저씨

"문어 씨 뿌렴시냐?"
비아냥대며
욕지거리 쏟아내고,
퉤퉤 뱉은 침은
돌바닥에 철퍼덕 나부낀다

해녀 삶의 바당

동네 삼춘들 수영하고 뛰놀던 놀이터 바당

사라져가는 물건만큼

깊어가는 감정의 골, 바당

바람과 바다가 만나

일렁이는 파도되어

풍요의 꽃 씨 피어나도록

손을 흔들며 조잘거린다

동상 이몽

"가풀[4] 갖고 오라"

"정 갔다가 영 오면 되"

"보름도 건드러운게[5] !"

"바당이 왁왁한게[6] !"

"바당 쎄민 또신 물 지픈디 오지 말앙,

복[7] 먹으민 정신 히엇뜩호다"

이제는 알아듣는 정겨운 말

삼춘들! 기다려줘서 고맙수다양!

---

4) 비닐 봉지
5) 시원하다
6) 어둡다
7) 바닷물

성게 까는 날

새벽 여섯 시
물 길러
일찍 바당에 가야 헌다

삼춘 약수통 셋
내 약수통 둘
짠물 가득 담아
리어카 허리에 끌고
바당 좁은 길 달린다

표선 사는 족은 아들
제주시 큰 똘
퇴근 후 달려온 서방까지
식구들 모여
성게 까는 날

쪼그려 앉아
가시에 찔릴까 조심스레
칼로 성게를 가르고
작은 숟가락으로
노오란 알을 조심히 떠낸다

바다 내음 머금은 노란 것
바당이 내어준 보물

버릴 것이 하나도 없다
빈 성게 껍질 모아
밭 거름이 되고
땅은 북삭북삭 살아난다
지슬도 잘 자란다

손 빠른 삼춘
먼저 마무리하고
후배들 곁으로 조용히 앉아
다시 칼을 든다

주황 노을이 바다를 감싸 안고
후덥지근한 밤이 온다
작업이 끝나면
피로를 털어내듯
하나 둘, 집으로 서둘러 움직인다

내일 새벽이면
또, 성게 작업이 시작되겠지
오늘 밤은
손끝 아려오는 아픔 잊고
고요한 바당처럼
편히 잠들고 싶다

샛노란 알, 검게 물든 손

야이, 성게 이추룩 까는 거 좀 보라
대맹이 쑤썸쪄, 진짜 어떵할꺼니

두 망사리 고득 담아와신디,
아직 한 망사리도 다 못 깠쪄
이거 다 까려면 날 새켜

야이, 성게 좀 까주게마씸
성님은 칼로 쩍 갈라불고
나는 요짝에서 알 파내불게

샛노란 알, 봉긋하게 숫은 거
맨질 맨질 장갑 낀 손바닥 위에
살며시 올려놓고,
내장은 숟가락으로 폭 파내불라

해녀 허리, 다리

한 번도 못 펴고

쪼그려 앉아 흘러간 네 시간

바당 내음 고득 담긴

돌코롬한 성게,

맛도 하영 좋다

성게 가시 파고드는 밤

검은 가시 한 올

손끝이 시리듯 쑤셔

피부 속 깊은 곳에 숨어든다

바늘로 살을 헤집고

식초에 담그고,

오줌 방울 적셔도

고집 센 가시는

더욱 뿌리내려

온 신경을 손가락 끝자락에 붙들어둔다

작년 이맘때,

무르팍에서 억세게 뽑아낸 성게 가시 하나

남은 자리에 동그란 연골이 솟아

손길 닿을 때마다

묵은 통증 은은히 되살아난다

문득,

내 말 속에도 가시가 돋아

당신 마음 후벼 파고

찔러 온 적은 없는지

체증처럼 솟구치는 기억되어

성게 가시 박힌 손가락과 무르팍이

나를 조용히 불러 세운다

통증의 철사 소리

숨을 깊게 삼킨다

두 팔은 물살 속으로

날카롭게 어둠을 헤집는다

바다는 내 숨을 삼키고

몸은 천천히 바다를 삼키며

가라앉는다

바위 품에 숨은

붉으죽죽한 큰큰한 뿔소라

귓 속이 저릿저릿 조인다

삐―

가느다란 철사로 찌르는 소리가

온 몸 가득 울려온다

숨이 줄어든다

빛이 멀어진다

바다를 한아름 품어 올린

두 손은 놓지 않았다

숨이 폭발한다

초록의 거대한 오름이 되었다

다시 숨을 삼킨다

높은 여가 솟아 있는

그곳으로 가자

큰 눈에 눈물이 흐른다

숨비소리 내쉴 때
쏟아지는 참았던 눈물
큰 눈에, 눈물이 흐른다

묵은 설움
파도 대나무숲 가득
넘실거린다

큰 눈물 머금어도
아무 일 없는 듯
묵묵히 들어주는 바다

슬픈 마음 건네주고
돌 바위로, 오른 몸 위로
테왁 가득, 위로 담아온다

해녀들의 겨울

코팅 장갑 두 개 겹쳐 끼고
새로 맞춘 고무옷에는
연철 하나 더 끼운다
비닐봉지 머리에 두르고
두꺼운 고무모자를 쓴다

바당에 떨어진 유목을 주워
불을 지펴 몸을 녹이고
따뜻한 온수 받아
바가지로 끼얹으면
비로소 하루의 피로가 풀린다

얼굴이 찌릿한 시간이 지나가면
짜릿한 봄이 오겠지

새해 첫 물질

미깡 방학이 끝났다

새해 첫 물질
새벽 바람은 차다

해 떠오르면,
해녀 바당에 든다

손, 발, 머리 끝이 찌릿찌릿
심한 두통 파도처럼 밀려온다

바다가 그리웠다
해녀 삼춘 목소리가 그리웠다

내일 물에 들면

그리움은 눈 녹듯 사라지고

그저, 춥기만 할 것이다

간사한 마음

겨울 바다, 싈프다

안 먹는거

"물질 잘도 열심히 해수다
보말 하영 잡아와수다게
이거 봅써!"

"야야게, 이거 보라!
못 먹는 보말 저래 주워왔네
다시 바당에 던지라"

약이 바짝 올라
바당의 모든 보말을 하나씩 가져왔다

"수두리, 참보말, 문두딱지, 매옹이로 이건 먹고,
안 먹는 거, 안 먹는거, 안 먹는거…
다시 바당에 데끼라"

바당이 무섭게 흔든 날

파도를 얼굴로 맞아

수경 벗겨져

짠물 마셔도 맹심, 또 맹심허라

앞으로 가려고

오리발을 힘껏 차도

먼 바다로 빨려 들어가네

파도에 쓸려

앞구르기, 옆구르기

바당이 해녀 딩굴려 버리네

망사리 한가득 소라 담았는데

테왁을 밀어도,

힘주어 끈을 당겨도,

닻을 흔들어도

바위틈에 꽉 물린

닻돌 주머니

여러 번 숨볐다

많은 짠물 마시며

하얗게 질려가는 찰나

옆에서 물질하는

바위 틈을 잘 알고 있는 삼춘이

다가와 슬쩍 빼주셨다

“혼자 먼바다 나가

이런 일이 생기민,

뿔소라 뿔로 긁어 그네 닻줄 잘라야쥬

안되민, 연철, 테왁 망사리도

요왕님 바당에 던져 불라”

욕심으로

꽉 쥐고 있으면

바당이 더 무섭게 흔들어버린댄

가진 것은 호멩이 한 자루뿐

"야"
물 밖에서 외치는 소리
바짝 다가온 절벽 같은 파도

재빨리 파도에 올랐을 때
간신히 붙들었던
테왁마져 떠내려가고

모든 걸 쓸어갈 듯한
파도 속 망망대해
오른손에 꼭 쥔 호멩이 한 자루

바다를 잘 아는 삼춘도
"얼먹엉, 오늘 같은 바당서
누구 하나 죽어도 모르크라"

집으로 돌아오는 길

다른 동네 해녀 사고,

몸과 마음, 영혼까지 목 놓아 울었다

요왕 할머니!

우리 해녀들

폭풍우 몰아치는 바다 한가운데

가진 거라곤 호멩이 하나,

몸 둥아리 하나밖에 어수다

잘 좀 살펴줍서양

오늘의 수확, 삼만 원

하루 종일
뿔소라를 잡고
손질해 번 돈,
삼만 원

보람이라도
기쁨이라도
품고 싶었던 하루

물질할수록
가난이 따라붙는다

애태우던 마음 끝에서
뜨거운 울분 치밀고

아무에게도

말 못 할 서글픔

파도처럼 밀려간다

트롯, 내 인생

곱답한게
노래도 잘 허멍,
심금을 울려 불주게

굴곡진 삶,
노랫가락에 흘러가니
그 노래, 내 인생 같은 거라

가난한 살림살이,
부모 운 없어서리
인생이 트롯인게

눈빛은 살아있는 심방같고
몸짓은 나비처럼 나풀나풀

곡조는 구슬피 울어 불주게

철썩이는 시퍼런 바당 장단 맞춰
해녀들 어깨춤과 노랫가락이 울려
트롯, 인생인거라

오늘의 힘

"육지아이라

메밀 먹어봔?

빙떡 부청왔져!"

할망의 투박한 손 위에 올려진 따끈한 빙떡

"고사리 나물도 같이 먹고,

옥돔도 손으로 뜯어서

고치 먹어야 맛이 조추게"

담백한 메밀

고소한 무 나물

쫀득하고 짭짤한 옥돔까지

제주의 맛 듬뿍 담겨

물질할 적,

힘 나게 햄쪄

용왕님도 드십서게

묵직한 해무, 뿌옇게 퍼져
물결 너울진다

오일장서 사온 뜨끈한 찐빵
한 점 떼어 바당으로 던지며
"용왕님도 드십서게"

구름처럼 부픈
포슬한 빵 한 입 베어 물면
입안 가득 퍼지는 팥 내음

작은 한 점 드리고
풍성히 주고받아
바당도 배 불렀주게

봉긋이 부른 내 배

포근히 감싸 안아주는 바람결

무사 안녕, 풍어 기원

한 땀 한 땀 바느질한 면 주머니 속
가득 담긴 뽀오얀 봉양미

해녀들 이름과 나이가
쌀알처럼 새겨져 있다

바람의 여신 영등할망이여
우리 바당 풍요롭게 채워줍써

해녀들 숨비소리마다
무사 안녕 빌어줍써

심방이여,
다시 한 번 점쳐줍써

막힌거 풀어주고
해녀들 호흡 놓치지 않게
굽이 감싸줍써

바당 물질 멩심할테니
굽이 살펴줍써

용왕님, 들으시오
작은 소망
바당 끝까지 닿게 해줍써

본향 가는 길

난파된 배

실종된 선장

바당 끝 송장되어 올라와

해녀들이 한마음으로

넋 드려 드립니다

영혼을 달래는 입담

흔들리는 방울 소리

허공에 칼을 저으며

제주의 동서남북 신

표선 본향당 할망께

영혼 맡깁니다

풍성한 상차림

따뜻한 밥 짓고

괴기 구웠으니

놀란 넋, 정성 드립니다

배불리 드시고

먼 하늘길

편히 가시옵소서

마음까지 맞춰드려요

머리, 목, 가슴, 허리
등, 팔, 다리, 발목 둘레
해마다 받는 고무옷 신체검사

허리는 좀 들어갔는지
등은 더 굽었는지

"물 안 들어오게 목 꽉 쪼여줍써"
"가슴 답답해부난 널찍하게 해줍써"
"등판 뜨시게 두껍게 해줍써"
"잘 휘젓고 다니게 바지는 얇은 걸로 해줍써"

할망 마음 살펴주는
고무옷 맞춤

큰 눈에 묻은 소금기

동그란 큰 눈에
얼룩져 붙는 소금기

끈적거리는 구름을 따라
하얗게 쏟아지는 거품들

거칠게 쏘아보고
광질하는 풍랑

작은 몸과 마음 놓아 둘 곳 찾은
옴폭 패인 웅덩이와
감싸 안아주는 바위가 있는
검은여 통

휘몰아치는 바람이 분다

착허다

물질 전

김 피어오르는 커피 한 잔

두 손에 건네니

맛 좋은게, 착허다

탈의장 문 먼저 열어

보일러 불 켜두니

온몸이 또뜻한게

참 착허다

찬 바람 몰아치는 날

물질 마친 삼춘께

먼저 씻으시라고 양보하니

참말로 착허다이

착허다, 착허다 하니

동글동글 조약돌처럼

마음이 순해져간다

보말도 궤기여

아무것도 어신 시절에는
보말도 궤기여

바다에서 건져올린
작은 생명 하나

아방 술 잔 곁에도
아이들 저녁 밥상에도

맑은 국 끓여먹고
간장에 볶아 밥 위에 얹고

입 안 가득
돌코롬호다

이추룩
족은 보말도
그 시절 귀한 궤기였지
맛 좋은 궤기

물벗, 인생의 벗이 될 때

낯설고 바람 거센 타향살이

바다의 품에서

나는 너를 만났다

제주 바다의 숨결을 배우며

숨비소리 따라

서로의 깊이를 들여다보았다

물결처럼 스며드는 취향,

바다보다 깊고

소금보다 진한 정이 잔잔히 맺혀간다

이 섬이 더 이상 홀로 아닌 건

같은 바다를 향해

숨을 고르는

인생의 벗이 곁에 있기 때문이다

2부

고치 말만 고라도 좋은거

표선 해수욕장

뜨겁게 내리쬐는 햇살 아래
눈부신 백사장이 펼쳐진다

십이지신의 숨결,
당케할망 품에서 태어난 바다

고요한 바당
양처럼 포근한 마음 가진 사람들이
부지런히 바닷가 마을을 살핀다

마음 속 이야기
따스히 덮어주는 모래알
다정한 위로를 속삭이는 바람

돌 테이블에 둘러앉아
구수한 말에 웃음꽃 피운다

수평선 너머 붉은 노을

다정하게 비춰오고

별빛이 내려 바다 위 고요히 눕는다

제주 동쪽 마을

숨비소리가 울려퍼지는 푸르른 바다
당케포구 출렁이는 작은 배들

낮은 돌담과 빨강, 초록 지붕 보이는 마을
2일, 7일이면 사람들로 북적이는 오일장
옛스러운 멋을 간직한 초가집

노오란 유채, 연분홍 벚꽃
봄 빛 가득 피어오르고
드넓은 하얀 모래 해수욕
해녀가 잡은 싱싱한 뿔소라
주렁주렁 열린 새콤 달콤 귤

인정 가득한 표선에서
해녀로 물질하며 살아요

용왕의 딸, 바다거북

깊은 바닷속

용왕님 셋째 딸 바다거북을 만나면

해녀들은 가장 크고 반질한 뿔소라를

두 손 모아 건넨다

해수욕장 앞

하얗게 등이 찢긴 바다거북

고개만 간신히 내민 채

인사하듯 왔다가

물결따라 멀어져간다

바다 거북아, 살아 있어라

바다 거북아, 부디 살아다오

그 기도는 거센 풍랑에 휩쓸려

먼 수평선 너머로 밀려갔다

물 빠진 오후,

하얀 모래밭 한가운데

미동 없는 붉은빛 한 점

조용한 구조 신호가 울린다

작은 생명의 숨결을 살피며

두 손 모아 바닷물을 등에 적시고

포대자루 들것 삼아

조심스레 생명을 품는다

거북은 고개 들며

힘겹게 입을 벌린다

고맙다고 말하는 듯했다

장수의 상징,

성실한 정신력,

바다 용왕의 딸아!

다시 푸르른 바다로

네 숨결이 닿는 그날까지

하루하루 기도하는 마음으로

살아가겠다

백년해로

가장 예쁜 시절

동네 총각 만나

토끼 같은 딸, 아들 남기고

불같은 성질처럼 뭐가 그리 급하다고

먼 길 떠난 당신

자식들 시집, 장가 보내느라

물질하고 밭 일하며

참말로 애썼수다

내 걱정은 하지맙써

아들과 며느리가 잘도 챙겨주어

펜안히 지내고 있수다

언제라도

다시 만나면

그때는 꼭, 백년해로 하게마씸

먼저 간 당신

아꼬운 당신

소랑햄수다

고치 말만 고라도 좋은거

이 놈의 팔자
개도 안 물어간다, 내 팔자

손가락 까딱도 안 하는 서방
밥 숟가락까지 떠먹여 준 세월

요즘 같으면 발로 걷어차멍
내쫓았을 거라지만
그때는 그리 살았주

가는 세월 한숨에
오랜 세월 혼자 된 할망, 문득 말허네

"혼자 돼보라,
여피서 고치 말만 고라도 좋은거"

살레

정지 안쪽
세월의 흔적 고스란히 묵어든 살레

애지중지 아껴둔 꽃무늬 그릇
손주 오면 쥐여주려는 눈깔사탕

살림 끝돈, 한 움큼 모은 주머니
휴지에 싸서 꼭꼭 숨긴 금반지

사랑하는 이를 위해
정성 하나씩 곱게 접어둔
작은 곳간

아끼는 마음
잊고 싶지 않은 날들
뜨거웠던 청춘까지
차곡차곡 포개어 놓았다

무자식이 상팔자여

어릴 적
엄마 말 안 듣고 속 썩이던 날
등짝 때리며 퍼붓던 말

"무자식이 상팔자여
너 낳고 먹은 미역국이 아깝다"

세월이 돌아
내가 엄마 나이가 되었을 때
뽀얗던 젊은 엄마가 떠올랐다

집안일은 산더미,
원수 같은 남편과 자식은
하루에도 열두 번씩 속을 뒤집네

돈 나갈 구멍은 검은 바다 같고

통장 잔고는 말린 미역처럼 쪼그라들고

화롯불같이 뜨거운 울화

자식 없이 사는 우리 부부

옛날 엄마 말처럼

무자식이 상팔자인 듯 사는데

어느 날

주름진 엄마가 말한다

"무자식이 상팔자라는 말

그거 취소다

자식이 있어야

삶이 더 행복하더라"

그리운 계절

궁금한 일상을 묻는다
건강은 어떤지,
혈압 약은 먹었는지

길게 이어지는 시덥지 않은 수다
자주 들어 알고 있는 엄마 이야기 보따리
한 번 더 듣고 맞장구친다

동생과 싸워 내복 바람으로
대문 밖에 쫓겨나서도
쌈박질하던 일

5분만, 1분만
아침마다 학교 지각할까
애간장 태우던 매일

30년 전 이야기를
어제 이야기처럼 들으면
엄마 품에 안긴 어린아이가 된다

엄마 냄새 맡으며
주름진 엄마 손 맞잡고
포근히 안아주고 싶다

매서운 칼바람에
포근한 엄마 품 속이
사무치게 그리운 계절이다

내 어머니

제철음식으로

정성 어린 반찬 가득

전라도 밥상

포근한 이불

뜨끈한 아랫목

따뜻한 보금자리

쌀과 밑반찬은 넉넉히 있는지

자식을 챙겨주고 싶은 생각

차가 안 보일 때까지

손 흔들며

지켜봐 주는 마음

시어머니에서

어머니로

정이 쌓여 마음이 움직이는데 십 년

굳건한 관계만큼

오래오래 건강하길 바라는 소망

너를 살펴준 네 어머니

촌스럽지만 정겨운 내 어머니

길을 잃었다

내 머릿속을 누군가
흐트러 놓고 지나갔다

집을 찾으러
부단히 바쁘게 움직였지만
낯선 거리만 나올 뿐

간신히 찾은 우리 집
안도감에 두 다리는 주저앉는다
밥솥을 끌어안고 허기를 채운다

내가 있어야 할 곳,
내가 살고 있는 집,
내 가족이 있는 곳
따뜻한 밥이 그리웠다

쓰디쓴 두려움을 한 움큼 삼킨다

하지만 조각나버린 세상

이제는

그곳을 꼭 찾아가고 싶다

우울증

잘못 엮어진 인연과 과거의 조각들

책임질 애증의 관계

히죽히죽 웃음이 나고 어지럽다

미움과 희망

고통과 화려함

분노와 쾌락

복잡하게 빨려 들어가는 감정들

나를 따라오는 불편한 시선과

지겹게 쫓아오는 그림자들

어지럽게 흩어진 머릿속

굳어진 감각

진한 화장과 화려한 옷으로 숨긴다

살아야 새끼도 키울 수 있다

불 구덩이 같은 마음 안고

버티고 살아내야 한다

고음과 저음 옥타브를 넘나들며

출렁이는 마음으로 살아간다

인생의 이정표

고등학교 복도
성적과 이름이 나란히 붙던 날,
숫자가 아닌 사람으로 기억되고 싶었다

"공부만 잘해서는
좋은 사람이 될 수 없다
인간미 넘치는 사람이 되어라"
말보다 진한 눈빛
마음속 깊은 곳까지 뜨거운 울림

약속을 지키는 것은
신뢰의 씨앗이 되고
삶을 튼튼히 붙들어 준다고
말해주시던 당신

뾰족한 날 선 마음의 순간에도
고요하게
나의 이야기를 품어주셨다

언제나
진심으로 손 내밀어 주시던
당신 눈빛과 손길은
인생의 방향이 되었다

곶자왈

손톱만 한 흰 꽃 송이

바람을 타고 백 리를 향한다

설레는 가슴 두들기듯

풍겨오는 상큼한 백서향 꽃내음

단단한 현무암

거친 품을 안고

뿌리를 내리는 고요한 집념

깊은 어둠을 찾아가고

때론 빛을 향해 봉긋 솟는다

흔들리는 나무

서로 붙잡아주고

고사리도 손을 쭉 펼치는

노루가 마중 오고

상수리 모으러 쪼르르 오르내리는 청설모

초록 요정들이 살아 움직이는 숲

하얀 꽃송이, 돌 틈 사이에

천년의 결이 숨 쉬듯 머금어져 있다

결이 곱다

당신,

결이 곱습니다

그 고운 결이

내 입에 스며듭니다

찰랑이는 머리결,

희고 보드라운 살결,

순수한 마음결,

숨결마저 뜨겁습니다

포근히 감싸는

마음의 두께

한 겹, 또 한 겹

온기가 스며듭니다

고운 결 사이,

다정한 겹 사이,

당신 곁에

머물고 싶습니다

아마나스 한 입 베어물고

햇살을 닮아

노랗게 주렁주렁 열린

아마나스 한 그루

두꺼운 껍질을

손톱 끝으로 힘껏 벌리면

두툼한 흰 속살

연노랑이 손톱 사이로 스민다

아마나스 한 입 베어 물면

탱글탱글 한 알

입 안에서 톡 터져

상큼하고 쌉쌀한 기억의

여름이 다가온다

책 너머 바다

바다를 향해 펼쳐진

카페에서 시집을 읽다

포근한 쇼파와

고요한 책 냄새가 어울어져

글들이 물고기되어

깊은 바다로 유영했다

숨비소리 들리는 거친 바다

시원한 바람이 불어와

인생의 파도를 타고 있는 청춘들

깊은숨 몰아 쉬고 나니

바람에 흔들리는 나뭇잎

적당히 나부끼는 햇볕

책 속에 푹 빠져있는

고마운 사람들이 보인다

홍어회 한 접시

동네 포장마차

소주 한 잔으로

그날의 한숨과 위로를 마신다

스페셜 안주는 홍어회 한 접시

온 몸으로 퍼지는

알싸한 전율

왠지 어른이 된 것 같다

속 썩이는 남편 흉,

진상 손님 웅대,

꼰대 직장 상사 잔소리도

시끄러운 노래처럼 공중에 날려 보낸다

알싸하게 가슴을 시원하게 뚫고

내일은 몽글 몽글한 계란찜

걱정은 오늘까지

기억

연분홍 벚꽃 지고

초록 봄기운 스며든다

제주 바다 끝자락

붙잡지 못한 그대여

노란 유채꽃 흔들릴 때

애달픈 바람이 분다

뜨거운 가슴

별 하나 피어나고

꽃봉오리 맺히는

청춘의 봄 다가오면

다시 만나리라

따뜻한 품으로 안아주리라

기억하리라

잊지 않도록

기대하리라

인간다운 삶을 살도록

꿈꾸리라

그대들 세상 오도록

눈과 마음으로 사랑하기

눈과 마음으로 대화를 나눠요

마주 보고 살피면

더욱 사랑하게 돼요

안아주고 싶어요

꼭 전하고 싶은 말은

예쁜 말을 담아 편지를 써요

내 정성을

당신에게 보낼게요

손을 마주 잡고

서로의 체온을 느끼며

생각과 감정을

듬뿍 나누어요

당신 목소리를 듣지 못하지만

애틋함을 나눌 수 있는

당신이 있어, 사랑을 듣고

사랑을 말해요

내 마음의 온기

추운 겨울밤
오방난로를 켰다

따뜻해지는 온기가
방 안 가득 퍼지고

강아지 호두도
난로 곁 자리를 잡는다

따스한 말이 가득하고
노래처럼 퍼져나가길

사람을 향한
애정과 정성의 손길이 닿기를

따뜻한 차 한 잔

건넬 다정함이 있길

되돌아본다

난로 옆 내 마음의 온기를

따뜻한 겨울밤

온기가 가득해진 마음을 지나

노래가 퍼지고

애정과 정성으로 다정함이 더해져

오방난로를 껐다

작가의 말

당케포구 붉은 바다 일출,

물질 전 해녀 삼춘들과 마시는 커피 한 잔,

찰랑거리는 통기타 소리,

고요한 도서관의 책 넘기는 소리,

사랑하는 남편과 강아지 호두와 걷는 바닷가 산책,

단골 식당 사장님과 반가운 인사,

친구들 퇴근 후 나누는 맥주 한 잔까지

일상의 사소한 행복과 즐거운 경험들이

넘어진 나를 세우고 마음을 다정하게 토닥여줍니다.

물벗, 인생의 벗이 될 때

인쇄	1쇄 2025년 10월 31일
저자	조은별
발행인	강봉구
펴낸곳	북만손출판사
등록번호	제406-2013-000081호
주소	경기도 파주시 신촌로 21-30
전화	070-7778-1940
ISBN	979-11-90535-24-3 03810